KB126524

오늘이
달린다

모악시인선 010

오늘이
달린다

김성배

모악

시인의 말

참으로 오래 동안 먼 길을 왔다.
하고 싶은 일 재밌게 하면서
때로 후회도 하면서 그렇게, 그렇게.

서점에서 책을 사서
돌아오는 길에는 꿈이 많았다.
– 계속 진행 중이지만.

이제 읽고 쓰는 것에도
절실함을 가져야겠다.
그리고
무대에서 편집후기를 노래하고
박수를 치며
새벽바다를 찾을 것이다.

2017년 겨울 바다에서
김성배

차례

1부
애인을 상상하면서

약수터 가는 길

아침에 나간 저녁을 맞으러 간다 별똥별 찾아 겹겹의 봉우리
이어진 산 숲을 오른다 발자국에 떨어지는 들숨을 앞세우고 돌
부리와 함께 무릎을 세운다 낮은 걸음으로 만난 산길이 힘주어
기침을 편다 등성이로 몰려오는 산사山寺의 추녀, 덫에 걸린 비
탈길 나무를 울린다 텅 빈 가지 끝에 매달린 잎과 잎 사이 열린
바위틈에 잠긴다 허리 꺾인 은은한 계곡 물줄기, 차가운 먼 산을
채우고 있다 숨어버린 안개가 쌓아둔 돌탑 따라 낙엽이 갈라놓
은 샛길을 앞지른다 짙은 산맥이 새벽을 덮치고 있다 목탁 소리
에 깨어나는 하늘은 목젖 가까이 다가선다 어둠을 쓸어 모은 맨
살로 부딪치는 오늘, 저녁에 나간 아침을 깨우러 간다

달빛

이 골목 저 골목 헤매는 그림자에 빛그림을 그리고 있어요 떨리는 발등으로 짚은 막다른 전봇대의 검은 외등을 먼저 닦았어요 손이 자꾸 떨려요 다락방 창문을 열었어요 천정을 타는 쥐들의 저녁 만찬이 시작 되었어요 그림자 옷을 벗어요 눈썹에 걸린 초승달은 언 채로 연탄구멍에 갇혀 있어요 구겨진 하루가 옷걸이에 그림자로 있네요 심심한 바람이 창문을 두드리네요 기침을 했어요 오랫동안 달빛을 배고 있던 아버지의 빈 방, 벽화를 그려요

나뭇가지에 햇살이 흔들리고 있어요 처마 밑에 새가 울고 있어요 보았어요 꽃과 새가 함께 우네요 꽃피는 새봄이 돌아 왔어요 봄볕에 대문이 열렸어요 꽃씨 덮인 홑이불의 빈 방 가만가만 한낮의 나비가 촉촉한 땅 끝에 꽃불을 놓고 있어요 앞산을 움켜쥐고 꽃씨 틔웠어요 거미줄 따라 그린 그림자 속 아버지, 칼잠을 자고 있어요 꽃 속에서 포근히 누워 있어요

와이셔츠와 구두

아파트로 이사를 오면서 새로운 버릇이 생겼다 엘리베이터
앞에서 슬쩍 거울을 보며 혼자 연애를 시작한 것이다

아침에 만나는 조간신문으로 구두를 털고 헛기침에 16층이
안기는 출근길 야쿠르트아줌마의 해맑은 미소가 남아 있는 유
산균을 삼키며 목젖에 달라붙은 와이셔츠의 윙크가 상큼하다
주름진 빗으로 가르마에 햇빛을 뿌리고 반사에 적응할 스프레
이에 힘을 준다 마흔에 시작한 여드름을 꾹 눌러 피를 문지른다
「고운피부과」 스티커에 달라붙은 여름을 짜내며 굵은 땀방울을
손수건으로 감싸고 스킨 바른 얼굴이 벌거숭이가 된다

가벼운 인사로 만나는 12층과 7층의 사람은 눈빛만 안다 그
눈빛을 피해 어깨를 떨며 세탁소 전화번호를 외우면서 통닭집
상호와 짜장면을 맛본다 젖은 머릿결에 샴푸향을 푸는 5층 여
자에 다시 눈빛을 고정한다 거울 속의 사람은 뒷모습을 버린 채,
1층의 빠름을 위해 구두를 내민다 하얀 줄무늬 와이셔츠에 휘
날리는 넥타이에 아침을 매고 다시 엘리베이터가 오른다

연애가 싫증날 무렵, 새로운 애인을 기다리는 기대를 갖고 엘
리베이터를 기다린다 안에 타고 있는 거울의 애인을 상상하면
서 와이셔츠와 구두를 벗는다

지하철의 힘

꺼진 전광판의 피로회복제 걷어내고 돌아서는 곡선역의 퇴
근이 발길에 엉켜 등짝을 내민다 신문에 펼쳐놓은 주식시세표
에 눈금을 넣고 핸드폰으로 지상의 상한가 문자로 날리고 피박
에 쓰리고를 외치는 하루를 싣고 오늘이 달린다 스윽스윽 발자
국에 밀리는 동영상에는 이라크 폭탄테러로 수십 명이 죽었다
는 것에 슬퍼 할 전쟁도 잊고 서 있다 빈자리에 잽싸게 몸을 날
리는 어둠이 앞좌석에서 졸고 있다 손 조심을 미련 없이 개찰구
에 집어넣고 몸값을 지불한 그림자가 CCTV 냉동실에 보관중
이다 지하 계단 광고판에는 하루를 갈아탈 곳으로 다가오는 낯
빛을 분양중이다 벽속 시화그림에서 피로를 풀고 있는 부처의
말씀을 합장으로 만난 걸음이 1호선으로 직행한다 곧 노뽀동행
열차가 발길에 입맞춤을 한다는 꾀꼬리 같은 일본식의 성에 긴
방송에 열차가 내게로 다가와 속삭인다 '아빠, 힘내세요 우리가
여기 있잖아요' 지하철이 쿵쿵 부르고 있다

과일가게

주공아파트 입구 기둥 벽을 끼고 종이상자로 만든 노점 과일
집은 정원이다

주름진 앞치마가 싱싱한 낯빛으로 먼지를 털고 화단의 물을
뿜는다
좌판은 또래 상자에 놓인 계절의 씨앗을 널고 있다
낯익은 과일에 뽀드득 뽀드득 장갑으로 씻은 가격이 몸통을
쌓고 있다
얼음골사과와 서생배, 진영단감과 서귀포감귤 줄지어 고개를
내민다
어깨를 들추며 늦가을 볕에 시큼한 통증을 베어 먹은 단풍이
말을 붙인다

얼맙니까?

길 위의 물음이
베란다 바람에게
그 바람이 속삭이는 과일에게 옷을 입힌다
종이상자가 해넘이만큼 쌓이는 저녁, 가로등에 익는 계절을
흥정한 주인은
과일을 상자에 담고

옥상의 불빛을 덮는다

상자 속에 오늘 하루치의 종이를 세워 그 무게만큼 달빛을 세
고 있다

종이를 만지다 피가 났다

　제지공장 다니는 친구가 직장을 잃고 종이와 싸움에서 월급
명세표를 라이터로 붙인다 손바닥 굳은살 까맣게 날리는 삶의
흔적인 냥 뿜어내는 한숨 빈 하늘 태운다 딸아이와 손가락 걸고
비비며 다짐의 약속을 한 여름휴가 놀이공원 물놀이가 고향집
앞 개울가로 옮기자 소 울음을 쏟아냈다 고샅길에 세워 둔 경운
기도 하늘에 박힌 구름이 칭얼대자 무더위는 어깨만큼 무거웠
다 이십 리 묶어둔 할머니 쌈짓돈으로 읍내에서 날아올 통닭을
기다리는 장남은 저수지에서 물수제비를 뜬다 여동생 눈을 피
해 철길에 내려앉는 노을, 이마에 다가선다 밤낮이 바뀌는 병원
청소를 하면서 모아 둔 이면지를 노동의 아내는 책상 앞가슴에
포갠다 마주하는 백열등으로 밥을 짓는다 설거지를 하면서 밥
상의 이면지를 간추리자 들창의 달빛이 빨간 시를 토하고 있다
어느새 딸아이가 아빠 손가락을 물고 별을 노래하다 물소리에
잠이 들었다

　손가락을 하나씩 종이 세듯 잔다

발전論

똥을 누다가 C구역 아파트 재개발 프리미엄 7천만 원에 신문이 찢어진다 순대 자르듯 싹둑 짤린 아버지의 평생이 변기 속으로 떨어진다 미끄러져 내리는 한숨을 젓가락 사이로 구겨 넣은 밥알이 모래처럼 씹히는 한낮 묵은 장독대가 차례로 박살이 난 옥상엔 마른 장화가 뒹굴고 있다 부엌 앞마당에 상추 고추 심어 중학교 교복의 희망을 가꾸던 땅은 불도저의 먹이로 뿌리째 뒤집어졌다 여름수세미가 담장을 타고 해바라기가 턱을 받치던 기와지붕이 툇마루와 함께 내려앉은 것은 식은 죽 먹기보다 빠른 몇 초 사이, 가계家系를 끊고 말았다 주렁주렁 따던 감나무가 포클레인에 밀려 허연 뼈를 드러낸 가지들과 뒤엉켜 숨을 놓은 팔순의 할아버지 20원짜리 성냥갑도 없어지는데 총총한 아파트만 하늘을 찌르게 올리는지 주택정책을 원망하던 할머니도 끝내 고향을 등진 할아버지를 따르셨다 텃밭의 고추를 수확하기도 전에 호미 고랑을 놓으셨다 믿음의 아버지는 대문을 열어 백년 넘은 누런 대들보를 어깨에 메고 골목을 서성거렸다 무성한 집들이 무너지는 철근 같은 핏줄을 끊지 못해 파괴되는 뒷모습을 감추었다

허리춤에 고향을 남기고 빈손의 걸음으로 돌아오는 길 새로운 버스정류소의 아스팔트 길에 길게 누워 계시는 아버지의 그림자가 햇살에 눈이 부셨다

간고등어

　지역특산물을 먹어보자던 아내의 입맛에 부부처럼 포개진 두 마리를 얼른 냉장고에서 꺼내 신혼의 바다를 풀었다 하얀 천일염에 사랑을 절인 간잽이의 정성이 기름 없이 바삭바삭 구워진다는 혼수품 프라이팬을 뒤집었다 폈다를 반복한다 파도처럼 숨결을 놓은 등 푸른 꿀맛이 허기를 달랬다 젓가락에 걸친 살결이 돋아나고 바다 물결이 베인 등뼈를 어루만지며 입술을 깨물었다 마주한 알몸의 가시에 출렁이는 밥상이 아내의 손맛으로 가득하다 입덧 시작하는 저녁, 붉은 해넘이는 사랑을 굽는다 바닷길에 등대를 풀어 달빛을 껴안고 있는 부부처럼

책의 무덤

『포스트모던 소설과 비평』이『한국 현대시 해설』과 함께 책장에서 나란히 머리를 맞대고 숨결을 고를 무렵, 먼지 들씌운 세월을 끄집어 낸 햇살은 주인 잃은 책 속에서 낯익은 활자를 찾고 있다 가로의 빽빽한 억눌림에 포개진 오늘만큼 다가서는 책의 어깨가 무겁다 올해의 베스트셀러는 삐딱하게 누워서 멈춰버린 페이지를 기억한다『몬테크리스토 백작』과『젊은 베르테르의 번민』이『뻐꾸기 둥지 위로 날아가다』앉은 문고판 자리에 변해버린 종이의 무색이 오래전 읽었던 손길로 남아 있다 책상 서랍에 끼어 있던 책갈피 달력이 한구석에 살아 서있는 기형도의『입속의 검은 잎』을 깨우면 우르르 줄지은 책 등 따라 손가락이 누런 입속의 침을 발라 한 장씩 한 장씩 편집후기를 쓰고 있다

도장을 찍으며 1

학창시절 도장 하나 있었으면 좋겠다고 기대를 하고 판 지우개 도장이 우연히 장롱 서랍 졸업앨범과 함께 살아서 등장했다 그러자 나무로 새긴 은행도장이 어깨를 세우며 잔액에 도장을 찍는다 처음으로 아버지처럼 뿔도장을 판 것은 검은 머리 맞대고 살자며 눌러 찍은 혼인신고 때, 그리고 월세 보증금 계약서 쓸 때였다 이력서에는 더 좋아 보이는 한문 도장을, 처음 간 중국 여행길에 기념으로 새긴 상아도장 창업한다고 만든 것과 책 냈다고 전각 선물 받은 낙관 모두가 하나같이 함께 살아온 분신의 노력

오늘, 도장을 찍으며 지나온 시간과 싸운 도장밥이 그렇게 빨갛게 보이는 내 속은 얼마나 미덥지 못한가? 사람과 사람이 정을 찍고 만나는 도장 하나 붉게 물드는 종이 위의 얼굴이 그립다 가난한 허리춤에서 꺼낸 막도장으로 오늘을 찍는다

도장을 찍으며 2

믿지 못한 이름 앞에 무릎을 세워 알몸으로 꾹꾹 눌러 찍는 나에게 묻는다

누구냐고?

그것을 만지다 1

나는 나의 그곳을 하루에도 몇 번씩 만진다 아니 건드린다 톡톡 확인을 한 후 아무렇지 않게 침을 삼키며 지퍼의 개봉을 확인한다 실직의 바지를 벗고 엉덩이를 까고 앉은 변기 앞, 거울로 보는 그곳이 간지럽다 사우나 한증막에서 땀에 절인 그것과 영도대교 아래서 막걸리 먹고 동해를 향해 고래 분수보다 더 멀리 날아가던 오줌발을 쏠 때와는 크기가 달랐다 포물선이 다다른 가로수 그늘, 햇살이 육교에서 가난을 기도할 때 그것은 죽었다

그것이 있으므로 해서 남편이 되었고, 아버지가 되어 가장의 훈장을 달랑거리며 늙은 구두를 위로하고 그것을 어루만졌다 구멍 난 팬티 사이로 낮별이 무수히 쏟아져 내리는 오후의 햇살이 부끄러운 오늘, 주머니 속 꼼지락거리는 눈물이 부들부들 떨리는 전봇대 힘을 준다 온몸을 떨며 가난한 저녁이 그것을 껴안으며 등을 털고 있다

그것을 만지다 2

대나무 장대에 널린 삼각팬티 속의 나무그늘, 플라스틱 의자를 달구던 여름햇살이 버스정류장에서 지퍼 위를 툭 치면 스적스적 지나는 바람이 환승을 한다

그것에 러닝셔츠가 팔짱을 끼고 그것을 어루만지며 옥탑방 햇살이 오르가슴에 발기의 기회를 엿보고 있다

빳빳해지는 그것과 그곳에 구멍 난 스타킹이 스치면 몸뚱어리 빠진 허수아비 사거리에서 헤매고 있다 골목길 모퉁이를 돌고 돌아온 구직 희망에 말랑한 하루가 탱탱하게 살아 있다

옥상에 팔랑이는 빨래 속 늘어놓은 바지의 남자가 일어서는 그곳, 하루하루 햇살을 툭 툭 털고 지워지지 않은 얼룩진 자리를 말리는 물방울이 비누냄새를 거두어갔다 햇살이 바람난 사이에

철거중입니다

포클레인에 젖은 속살을 실은 덤프가 삶의 무덤을 오른다
그림자 바퀴에 먼지를 지우며 땅을 나르는 아파트 공사장
발등에 걸린 구릿빛 저녁이
길을 잃었다

길이 막혔다
똥이 가득 찼다
물이 끊겼다

저기 길 막힘
여기 길 없음

돌아가시오
분명 여긴 우리 집인데…

이불이 뒹굴고 장독이 깨진 마당, 정전된 폐선으로 감긴
고향의 봄은 흙속에서 몸부림친다

무단 침입자는 고발 조치합니다

2부
거품 빼고 가볍게

강 따라

강물은 흐른다

경호강 은어가 종알거리며
식탁에 오르자 입맛을 다시는 마누라와
꼬리를 자르며 용돈을 썹는 아들의 젓가락 사이로
딸은 몸통을 통째 찍는다
먼저 먹는 사람이 보약이라는 종알종알이
마지막 저승길 할머니처럼
노오란 화장을 마치고
꼿꼿이 선 채 입속의 그곳을 향해
살며시 눈을 놓는다 아버지,
강물에 젖은 이빨을 드러내며
종알종알 강 속으로 걸어간다

강물은 말없이 흐른다

물비늘 사이 언뜻 비치는
발가락 총총
종알종알이 몰려와 햇살을 뜯고 있다
두 손 모아 노을을 뜨던
아버지

구멍 난 호주머니 밑으로 흐르는 강물
식탁에 머무는 밥그릇을 밀어내고 있다

이불

– 어머니

홑청 속에 한 뼘 뜬 내 무릎 키의 대바늘 귀 엮는다 뒹굴던 단 칸방 백열등은 영정처럼 다가와 온기도 없이 포개진 장롱에서 잠든다

창문 속 박힌 보름달 베고 빗장 걸어 헛기침에 칼잠을 청한나 고향 두고 온 신혼 첫날, 이불 속 사막의 별이 아랫목 밥그릇에 눕는다

구멍 난 발가락 사이로 하얀 굴뚝이 솜을 탄다 옥상에 널린 빨랫줄이 구름을 탄다 말아 올린 누이의 긴 머리를 감싸던 풀 먹인 홑청, 펄럭이며 하늘을 탄다 사뿐사뿐 그네를 탄다 가로질 러 오르는 비단길에 어머니를 수놓고 있다

아버지의 방

아버지는 방에 기대어 있다
모로 눕거나 장롱을 등지고 계신다
언제나 머리를 북쪽으로 두고
날마다 낯선 타향을 바라보던
창문을 닫아 잃어버린 민둥산처럼
하루가 아버지의 방에서 누워 있다

아버지는 벽에 누워 계신다
하늘이 보이지 않는 천정만 바라보신다
인기척 없는 뒷산 오솔길 따라
늘어진 한숨의 유행가 따라
넓은 나팔바지의 걸음으로
대문을 나서는 오늘, 아버지 방은 잠겨 있다

문패에 걸린 아버지를
을씨년스런 겨울바람이 부르며 간다

가을운동회 만국기 대신 어머니 얼굴이 펄럭일 때

태극기와 펄럭이는 어머니는 이마에서 젖고 있는 청색 머리
띠를 보고 자랑스러워했다 무릎 치켜세워 400미터 함께 달리기
에 운동장 끝까지 발뒤꿈치 지우며 뛰는 가을은 파란 하늘에 눈
물을 흘렸다

삶은 달걀 불끈 쥐고 소금기 절은 땀내음으로 다가선 어머니
는 김칫국물 배인 도시락에 숟가락 꽂힌 주름으로 잠들어 있다
하늘 영정 향해 가슴 벅찬 뜀박질은 어머니를 찾는 술래잡기로
운동장을 골목처럼 돌았다

청군 백군 아우성이 개선문을 통과하고 손끝에 갇힌 결승선
이 만국기 대신 펄럭인다 가을 단풍에 꼭꼭 숨었다가 손을 잡아
주는 어머니의 운동장 같은 미소가 일등처럼 좋았다

외풍

– 부엌

할머니 갈라진 손끝에 묻어 온 새벽, 첫눈이 내렸다 장독대 별들을 모아 등 굽은 아궁이에서 아침을 깨운다 무뎌진 열 손가락 맞닿은 장작불 가마솥 온기가 따뜻하다 마당 나서는 앞산이 햇살을 따라 문틈으로 겨울바람을 데우고 있다 울퉁불퉁 배추밭에 간밤의 기침이 차가운 발길을 부여잡고 있다 싸리나무 희뿌연 무게로 넘어오는 칼바람의 어머니가 들판을 서성인다 붉은 팥죽 덧칠한 문살에 삐져나온 그믐달 미소로 눈과 함께 쏟아진다

동네목욕탕 1

– 알몸

태어난 그날도 연중행사처럼 하지만 잘 가지 않는 버릇이 심심한 냄새를 쌓이게 한다 뱃살 겹으로 돌아가는 거울 앞 선풍기에 밴 찌든 때는 어디서 본 듯한 인사를 하며 씁쓸한 표정이다 매일 닦는 이빨, 두 번 감는 머리 매일 만지는 그것 뚱뚱한 하루의 몸무게가 발가락과 열탕 속에서 꼼지락 꼼지락 숫자를 걷어내고 있다 땀 절은 알몸은 꼬인 내장처럼 쭈글쭈글한 뱃살과 이마의 주름과 함께 한 움큼 쏟아지는 물줄기를 두 손으로 감싼다 흘러내리는 가슴이 가쁘게 숨 쉰다 옷장에 걸린 윗몸일으키기가 바닥에 눕는다 비누칠 미끄럼이 아직 거품으로 살아 냉탕 속에서 잠수 하는 알몸, 탱탱해지고 있다 수건으로 닦은 햇살이 주섬주섬 마른 그늘을 입는다

동네목욕탕 2
– 이발

목욕을 하기 전 머리를 깎는 습관이 있다
잘려져 나온 뾰쪽한 힘들이 살결을 찌르는
아픔과 가려움이 동시에 그것을 덕지덕지 옷 속에 달고 다니는
고통은 더 신경질적이다

가죽 선 면도날에 목 뒷덜미를 내주고 난 후의 사각 사각의
거품이 온몸으로 퍼지는 핏줄을 슬금슬금 자르고 있다
마지막 털솔이 지나가면 머리카락의 외로움이 등 뒤에서
한방의 물로 잊혀 가고 비누의 향기가 전해 오면
가위와 바리캉과 면도칼, 부러질 듯한 은백색의 빗
그들과 한판이 멋쩍게 목욕탕에서 사라진다

샤워기 물발에 떨어지는 까만 힘들이
미끄러져 가는 하수구에서 아우성치면
거품이 사라지는 수증기와 이별을 한다
머리를 털고 물방울로 나온 겨울 앞
산뜻한 살결이 귓불에 윙윙 거리고
마른 수건에 드러난
흰 머리카락이 살아있음의 가르마로
골목길을 나서고 있다

동네목욕탕 3
– 신문보기

목욕을 한다

신문보고 열 받아 냉탕에서 잠수
연예인 누구 올해 80억, 스포츠 스타 FA 대박에
내 살 꼬집고 물 뒤집어 머리 감고, 정신 차려 TV 보면
불륜 삼각관계에 눈물 짜는 뻔한 줄거리 훔쳐보고
중국집 아저씨 로또에 일주일이 행복하다고 코털 세우고
밀가루 반죽에 불어 오른 아랫배 두드린다
천정에 박힌 물방울
숫자 커진다 억! 억! 하면서

목욕을 한다

바가지 포개고 앉은 열탕
용 문신 보고 기죽어 고개 숙인 샤워기 자꾸만 틀고
비누와 뜨거운 물로 발가락 비벼
까만 거품의 미끈함이 내장까지 차오르면
가려움이 하수구에서 소용돌이를 친다
갈기갈기 찢어 버린
오늘의 정치기사 의사봉으로
수도꼭지를 내려치면서

목욕을 한다

'땀을 씻은 후 탕'속으로 라는
기본을 잊은 맨몸들이 물방울에
아우성이다

동네목욕탕 4
– 손톱깎이

목욕하기 전 손톱을 깎는다 어깨만큼의 피로와 거리의 풍경
들이 집을 짓는 저녁 무렵 반대편 손가락으로 손톱 밑의 집을
도려낸 뒤 물속으로 잠수를 시킨다 아픔이 밀려오는 오늘처럼
잘려나가는 손톱지붕이 덩그렇게 휘어져 굽은 허리쯤 튕겨 나
온다 줄칼로 힘준 미로 찾기 하루가 열 손가락에 잡혀 아래위의
똑딱거리는 그곳, 또 새집이 생긴다 물을 틀자 물방울처럼 아파
트 공사장에 입김이 모락모락 핀다 온탕 속 얼굴이 굳어진 손톱
지붕 같다 창백한 거울 속 물집이 무성하다

동네목욕탕 5
– 몸무게

신문을 들고 잴까 하는 생각에 전자눈금 오르락내리락
썻고 달까 하는 망설임에 땀방울이 비누처럼 방울방울

한 발로 서서 해볼까?
쭈그리고 해볼까?
그래도 똑같겠지

선풍기 등살들이
숫자의 멈춤을 어지럽게 돌리면
턱까지 차오른 숨통이
면도 거품처럼 커졌다 금방 사라진다

젖은 수건이 같은 뉴스에 채널을 돌리고 윙윙거리는
면봉에 아픈 기사를 찍어 얼굴에 슬쩍 얼버무린다

나와의 승부는
지금, 물과 한판 시작이다
거품 빼고 가볍게

바다가 보이는 집

- 산복도로

비탈진 언덕에 해바라기 피어있는 산복도로 올라서면

　마른 그물코 돌고 도는 바람이 골목을 오르고 있다 수평선 그
려 넣은 창문 아래 마주 선 기침소리, 어깨높이 담장이 간밤을
묻어온 조간신문과 줄 지어 계단을 당긴다 지붕 넓은 앞마당 은
행나무 등줄기에 그림자 걸린 갈매기가 저녁을 물고 온다 발등
에 채인 산허리가 바다 속으로 잠긴다 빌딩 사이 무릎 넘은 파
도가 노을을 뿌리고 있다

　옥상의 푸른 물탱크가 나부끼는 빨래와 함께 뱃고동을 울린
다 항구의 배들이 폴짝폴짝 쪽문마다 꽃등을 심는다 층층이 배
들이 쌓인다

곧 사랑을 나눈다
– 영화「타인의 삶」

대본

현관 아래 발자국 탁탁 치는 타자 소리가 열정적 연기이다

무대

우체국 소인이 만남을 알리는 책장에서 바람을 넘기고 있다

관객

사랑과 함께라면, 적과의 외딴 방, 기억의 오늘은 전쟁 중이다

관람 후기

그래도 함께 따로 가는 길

타자 소리가 책장을 넘기고

연극이 끝날 무렵 연극처럼

곧 사랑을 나눈다

차갑고 부드럽게

우리말 사전

밑줄 그은 동사가 쫀득하게 손가락에 침을 부풀린다

오붓한 행간에 새싹 피는 말들의 잔치에 명사가 취했다

입속의 환영이 고인 형용사, 부사를 바라보다 춤을 춘다

감탄사가 박수에 놀란 표정으로 책장에 침을 바른다

슬-쩍

저녁 무렵

– 아파트 쌈지공원

퇴근길 아파트 계단 옆 쌈지공원에서 만난 농구대의 슛은 가로등을 벗어난 상가 앞 신호등에 맞고 골대를 향해 빨려든다 미용실 빙빙 도는 무지개간판을 살짝 비켜선 노을이 던진 공은 마을버스와 함께 사라진다 뚜벅뚜벅 시소를 타는 달빛에 튕긴 푸른 공이 다시 슛을 던지면 창문마다 집어등처럼 주차된 가장들이 놀이터 그네에서 하루를 풀고 있다

3부
거꾸로 걸린 액자

저녁 길, 늦가을과 함께

맞배지붕 풍경 사이 은행잎
황급히 내린다

한나절을 밟고 가는 그림자
산사山寺를 온통 들쑤시고
흐트러진 나뭇가지와 함께
뒹구는 노란 발자국이 깊다

장독대 앉은 초저녁이
기와에 걸린
마른 산그늘 누워 있다

손바닥 가린 노란 하늘
마당을 물들이고
잎들이 그려 낸 가을이 길다

별에 젖은 은행잎
주머니 속에서 꺼내면
달빛이
발길 아래로
깊이 내린다

전람회에서

– 고 정진윤 화백을 생각하며

독수리 날개가 푸득 귓가를 재촉한다
철모가 부리를 향해 바람을 쪼고 있다
사과를 닮은 붉은 장미가 군화를 짓밟고 간다
파도가 등대를 껴안고 수평선을 자른다

빌어먹을…

거꾸로 걸린 액자에 흐르는 바다
깊은 시간을 삼킨 책등의 나비
질주하는 말들의 신호가 깜박인다
단추가 열린 아랫도리 어깨를 들추고
여름 강을 거슬러 간다

빌어묵을…

신전과 맞닿은 하늘
날개로 덮은 바다가 튀어 오른다
차가운 날개의 불편한 비상
바다에 불꽃을 놓아
그림왕국을 세운다

쨍한 날

장마철 접은 우산 위로
해맑은 하늘이 보였습니다
햇빛이 따갑게 아스팔트에 앞질러
빗금을 긋고 지나갑니다
큰 대大 자에 사람 인人 자가 붙어 있고
기역 니은 글자에 숫자도 어지럽게 엉킨 채
마주한 하늘을 붉게 포개어 버렸습니다
흐트러진 유리조각에 배어나는 저녁이 웁니다
여름 끝에 걸린 하루가 쨍합니다
천천히 걷는 건널목 평행선을 따라 나섭니다
만나지 말아야 할 발자국과 발자국이 만납니다
돌아가는 내일로 빗방울 떨어집니다
신호등 깜박깜박 흘러내리는
눈물이
중앙선에서 길을 잃었습니다
목적지를 헤매고 차들이 엉킵니다

목격자를 찾습니다
절대 비밀보장 후사하겠음

아스팔트의 시커먼 바퀴 사이

하늘은 쨍하지 않았습니다
사람들은 인도를 잃어버리고
빈 몸의 가로등이 되었습니다

허리춤에 누워 있는
허수아비가 목격자를 찾고 있습니다

잃어버린 세상의 그림자가
판화처럼 찍힌 오늘

꽃을 사다

골목길 골목길 입구
가로등 활짝 핀 꽃을 사다

공중의 빛
낙하하는 바람
허리 구부러진 신호등 깜박인다

꽃들과 어깨를 나란히 세운
네온이 신문지에 젖어 있다

꽃잎 봄볕과 사랑을 물들인다
마주친 마네킹 두 손으로 안는다
고정된 몸짓으로 꽃을 먹는다
꽃병에 물이 떨어진다
유리창 입김에 꽃이 눕는다
바람이 공중에 잠든다

달이 핀 가로등
꽃잎이 떨어진다
골목길 골목길 입구
달빛이 걸어간다

길
– 첫사랑

그 사람이 왔다
어디서 걸었는지
맨발의
기억을 지우며
돌아 왔다

헝클어진 가슴에
추억이 돋았다
땅속에서 굳은
먼 길
옛날을 버리고
그 사람이 왔다

잡은 손끝에
따스한 겨울 사랑이
그립게 왔다

나루와 다리

가자고 정 떼고 가자고

돌아서 흐르는 다리에서

물길이 막는데

나뭇가지 빈 바람

밀어내는 물살 위 울음

점점 따라오는 그림자

눈물은

강물이 되려고

삼각주 모래성처럼

쌓이고 또

흐른다

이쪽에서 가는 발자국

조금씩 저쪽

그늘에 눕는다

중독

시립미술관에서 소나기를 만난 건 오후 2시 10분

돌아서 다시 미술관으로 들어간 지하 전시실

벽에 걸린 양복의 표정이 젖어있다

호주머니에서 꺼낸 가족사진이 조명에 부풀고

발목까지 젖은 우산을 받친 그림속의 빗물

깜박, 정전 후

벽으로부터 통화는 빗방울에 튕겨

양복이 입은 나를 응시한다

시립미술관의 줄지어 선 행렬

그림에게 계속 통화한다

그늘진 전등 아래에서

젖은 양복이 말없이 손들고 있다

맨몸으로 공기들과 빛

계속, 속삭인다

점점

막걸리

나무그늘에 앉아
내일을 위해
주전자 돌고
손가락 휘저으며
목 메이게 입술 훔치는 손등
숨 가쁘다

조각달 베어 먹은 두부김치
초저녁이 다가와
한낮을 비우는
젖은 웃음이 도란도란 있다

어깨를 치며 시원하게 한 그릇 욕먹고 있다

눈물을 감추고

길을 걷다 주머니 속의 동전끼리 부딪혀서 **엉엉** 운다

장맛비에 고개 숙인 우산이 부러지면서 **뚝뚝** 흐른다

내리막 자전거 바퀴가 보도블록을 **통통** 구른다

손등을 밀어 마른 흔적 자꾸만 **줄줄** 내린다

눈물이 콧등을 건드리며 얼굴이 **점점** 붉어진다

글썽글썽 고개는 앞산을 가만히 든다

가슴이 탄다

바닷물이

양말을 구기다

빛에 걸린 발자국이 길에게 물었다

똑바로 걸어보라고

그러자 앞선 구두가 양말에 꾸벅 한다

구멍 난 하늘을 쳐다보며 드러누워
뭉게뭉게 쓰러지는 비를 안았다

구겨진 바지에 소나기가 젖고
늘어진 양말 사이 구두가
우산을 걷어 봄볕을 닦고 있다

양말의 두 발이 가볍게 마주한다
구겨진 어제를 펴서
오늘 아침을 널고 있다

비닐하우스

　　허수아비-양팔 사이 출렁이는 들판이 외롭다 논꼬에 막아 놓은 땡볕 쓸어 모은 문이 열린다 **빗물**-머금은 나비가 비스듬히 걸어놓은 지붕 타고 뿌리 내린다 **밭고랑**-주름 깻잎 내리는 오후의 햇살이 대나무같이 지평선에 휘어진다 **비닐**-젖은 알몸을 부대끼며 나란히 폭발하는 풍선들의 반란 **반달**-왕국에 살아있는 무덤이 무더기 무더기로 땅속을 노래하는 **아지랑이**-솔솔 피고 있다

빨래

버스에서 와이셔츠와 양말을 구기며

자동차 매연과 도시철도 먼지를 함께 비비며 벗겨진 몸통의 분신에 말표 사각 비누를 바른다 오른손 끌어당김과 왼손의 부여잡음은 어지러운 세상과 밀애 중이다 구름처럼 거품이 일고 물속에서의 부풀어짐은 서로 부대끼며 사랑에 절인 그림자 같은 하루를 헹구고 있다 균형 있는 빨래판의 문지름은 줄줄이 매달린 햇볕을 붙잡고 있다 빌딩 속 오늘을 씻는 물방울이 뚝뚝 눈물로 고인다 피곤함에 늘어진 양말은 온종일 비틀거리며 저녁과 함께 주인을 재촉하고 있다

먼 하늘
옥상에서 양복 넥타이와 바지의 주름을 편다

4부
깜박이는 등대 위에서

다시 을숙도 1

풀잎 조개 하나가 내게 와서 웃는다 강 건너 나무들이 일으켜 세운 걸음으로 강둑길을 따라 긴 어둠의 내 나이를 뚫고 그림자 손짓하며 온다 물결 구르는 햇볕 만지작거리며 강폭에 키를 잰다 섬 지나 마을 들머리 휘어진 삿대 물길에 솟아오른 정자나무 허리 감아 흐르는 포구에 물구나무선다 흙냄새 여민 어머니 명주고름 강 속 깊이 드리우면 젖은 새떼들의 그리움이 내게 와서 안긴다 뿌연 연기 빙빙 도는 연줄을 따라 윤슬이 춤을 추면, 지붕에 걸린 붉은 노을 얼레에 배인 강물을 풀어낸다 저녁의 푸른 별 다가와서 어머니를 부르고 있다 지평선 닿은 섬과 섬 거꾸로 잠기고 있다 을숙도 갈대소리 내게 와서 웃는다

* 윤슬 : 햇빛이나 달빛에 비치어 반짝이는 잔물결이라는 순 우리말

다시 을숙도 2

통통배 타고 을숙도 가는 뱃길
큰 부리 도요새 갈대숲 쫓고
밀물 잠든 게들의 행렬이
땅속 숨구멍 가두고
강바람을 비행하고 있다

섬이 없는 섬
소용돌이치며 흰 거품만 쪼아대는
강바닥과 갈대 사이
갯벌 자맥질의 군무群舞
강물 비워 오르는
섬 하나 노을에 사라졌다

다시 을숙도 3

갈대밭이 잘렸다 삼각주 모래 틈 띄엄띄엄 파밭 따라 늙은 아
버지 주름진 폐선이 밭떼기 째 잘렸다 나루터 노을에 동여맨 손
길이 밀물에 섬들을 주웠다 게걸음의 구멍 난 뱃길이 또 잘렸다
하단 갯벌 푸른 재첩 퍼 올리던 갈밭 비상하다 하구언 썩은 다
리에 걸려 몽땅 잘렸다 강폭 너머 아파트 젖은 불빛이 강물에
잘렸다 겨울 철새 따라 다시 찾은 을숙도 스러지는 갈대의 흰
마디마다 섬들이 잘렸다 가슴에 묻은 파꽃 물비늘에 씻고 뒷짐
짓는 아버지 이마엔 그물이 붉게 걸려 있다

소고기 국밥

중앙동 식당

점심을 뭘 먹을까? 하는 고민이 직장인 스트레스 중 한 요인이라고 신문기사가 나오자, 오늘 메뉴가 신장개업한 '펄펄 끓고 있다'는 국밥집 간판에 군침이 돈다 국물을 먹을 때 TV CF 문구가 국밥 속에서 풀리지 않고 믿음은 한우 맞겠지? 호주산 아니 뼛조각 미국산일 거라는 사천 원의 입맛은 숟가락을 들었다 놓았다 허기진 뱃속에 베이루트의 총성처럼 한낮의 만찬은 전쟁 중이다

오일장

무궁화호가 내려준 삼랑진역을 나오자 진영 단감을 베어 먹은 노을이 강물에 잠긴다 누런 황소의 꿈틀거리는 화투판 끗발이 혓바닥에 타오르면 김 서린 국밥이 숟가락 장단에 어깨를 세운다 강 건너 쫓아오는 가을 햇살이 연탄 화덕에 붙어서 출렁인다 닷새 만에 우려낸 강물이 훌쩍거린다 기찻길 아지랑이도 해거름에 매달려 아른거린다 멀건 국물의 입맛이 연기처럼 장터에서 서성거린다

속천항

안녕하십니까? 저는 지금 속천항에 나와 있습니다

초저녁부터 내리기 시작한 장맛비는 더욱 세차게 내리고 빗
줄기가 점점 굵어져 시간 당 60mm를 뿌리는 가운데, 북태평양
에서 발생한 고기압의 영향으로 생성된 태풍 '하루'가 북상중입
니다 오키나와 먼 바다에서 머물고 있는 970헥토파스칼의 A급
태풍이 점차 우리나라 북동쪽으로 기수를 잡아가고 있습니다
내일 오후쯤에는 제주도와 남해안 일대에 상륙할 것으로 보입
니다 특히 산간이나 해안 지대에 큰 피해가 예상되오니 각별한
주의와 예방이 요구됩니다

태풍이 동반하고 있는 많은 비구름대의 형성이 빠른 속도로
다가오고 있습니다

조선소에서 반짝 반짝이던 땀방울이 어창에 떨어지고
늙은 닻의 팔뚝은 앙상한 뱃속에서 허우적거리고
벚꽃 피는 봄에도 떡전어가 한창인 가을에도
바다는 총총 밤하늘을 닮고
선창에 꽁꽁 매인 밧줄이 하루 이틀 항로를 잊고
갑판에 걸터앉은 갈매기가 어로작업을 멈춘 파도를 쪼아대고

물비늘 멀어지는 장봉산 자락 그늘이 다가와 하염없이 포말을 퍼붓고 있습니다

　태풍이 지나간 속천항은 점차 빗줄기가 그치고 오후에는 맑은 날씨가 될 것으로 예상됩니다
　태풍 '하루'는 많은 피해가 예상됐지만 별다른 피해의 신고는 아직 집계된 것이 없이 무사히 우리나라를 빠져 멀리 동해안을 거쳐 공해상에서 자연 소멸될 것으로 예측하고 있습니다
　다만 속천항에 정박 중이던 사랑호는 미처 손 쓸 여유 없이 스쳐 간 '하루'에 푹 빠져 헤어나지 못한 가운데 쌍봉호에 뱃머리가 크게 부서져 조선소에 머물고 있다고 합니다 비가 그치는 오후에는 예년의 날씨를 회복하는 맑은 하늘을 볼 수 있겠지만 사랑을 찾는 갈매기로 인해 혼잡하오니 바닷길에 주의하시길 바랍니다

　지금까지 진해의 미항 속천항에서 전해 드렸습니다

*속천항 : 창원 진해의 항구

장마

속천항을 속 편한 내과에서 만났다

기상특보의 노란 비옷과 비바람을 튕기는 마이크 소리
방파제 새털구름 같은 물보라가 티브이에서 튀어나오면
김성배 환자 들어오세요

청진기 오르내리는 바다 속 심장을 진찰 한 다음
손가락으로 톡톡 두드린 파도소리에
등짝 쓸어 낸 전어 비늘이 빗방울 물고 자맥질을 한다
주사 있습니다 바지 내리세요

파도를 물어뜯던 갈매기가 장마에 사라지고
가을 하늘이 엑스레이에 찍혔다
가을과 바다가 뼈처럼 붙어
수혈을 한다
처방전 갖고 약국으로 가세요

아침과 저녁을 구분해 하루에 드세요
장마가 기침 때문에 뚝 그칠 겁니다

건강해지려면 집에서 푹 쉬세요

비와 함께
온종일

다시 속천항

파도가 거세게 앉았던 진해횟집 간판 위

흩날리는 벚꽃의 갈매기 춤

오색기에 구부러진 햇살을 물고

서성이는 뱃노래가 펄럭인다

꽁꽁 매 둔 포구에 널린

물비늘 반짝반짝 손등을 내민다

어창 상자 속에 동해를 싣고 와 어깨를 내미는 저녁

구부정하게 넘어가는 진해만 그물소리

동해바다를 등 부빈 폐선은 오랜 정박 중

낡은 수족관에서는 빈 배가 돛을 내린다

만선의 봄을 만끽하는 한낮

들썩대는 갈매기 바다를 먹는다

낮은 장화에 붙은

비늘이 따뜻하다

자갈치시장

바다가 누워 있다 뱃머리 맞대고 출렁이던 만선의 깃발이 누워 있다 단단한 바다 속의 비늘, 성난 파도가 칼날에 젖은 비린내를 썰고 있다 소금에 전 깃발이 퍼덕이고 얼음에 갇힌 생선들이 잃어버린 바다를 찾고 있다 아가미 드러낸 푸른빛의 지느러미가 누워 있다 모락모락 피어오르는 장작더미 새벽이 출렁거리며 바다의 힘줄을 당기고 있다 파란 눈을 깜박이며 꼬리를 포개는 고등어가 널려 있는 아버지 밥상에 자갈치시장의 젓가락장단이 살아 있다 피난시절 만난 바다시장 구경에 고향의 고무신도 흘려버리고 조기 한 마리 들고 맨발로 돌아오는 아버지가고래 등만 한 바다에 누워 계신다

군산
– 탁류기행

　뿌연 하늘이 어디서 본 듯한 바다 냄새를 몰고 겨울 하굿둑을
오른다 지평선 베고 어우러져 강폭의 어깨를 차고 붉게 잠기는
군무群舞의 뱃길, 옛 조선은행에서 서성이는 초봉이의 허리춤에
묶어 놓은 군산항 나팔소리 가득하다 미두장에서 날린 손금이
갈라지고 망가진 사거리의 저녁 군상群像이 잃어버린 고향을 묻
는다 낮달의 항구는 닻을 내리며 허리춤에 기침을 보탠다 째보
선창이 거꾸로 걷고 있다 만선의 밤이 일어선다 방파제에 부딪
친 파도가 등대 따라 깜박깜박 수평선을 밟고 있다 배들이 사라
지고 금강이 발길에 잠든다

*초봉이 : 소설 『탁류』의 여주인공
*미두장 : 원래는 군산 미곡취인소인데 소설 속 주 무대인 도박장을 말함
*째보선창 : 정주사가 처음으로 군산 땅을 밟은 곳으로 채만식소설비가 세워져 있음

회를 먹다

부산에 맛있는 회가 있다지? 하고 가끔 외지 친구들이 찾아오면 자갈치시장에 간다 단골 활어 전문 좌판 주인에게 꿈틀거리는 횟감을 주문한 다음, 만선의 깃발이 찢겨 흔적조차 사라진 영진호가 꽃방석에 돛을 놓는다 도마 위의 아가미 한 겹 걷어낸 상추와 깻잎으로 감싼 비린내 칼끝을 구부리고 있다 고추장 얼버무림이 파도에 밀려왔다 다시 부딪치는 소주잔에 광어 지느러미가 흔들린다 마주 선 노을이 포개진 겨자로부터 헤엄친다 혓바닥 스민 몸뚱이 꼼짝없이 된장 따라 입속의 바다를 거닐다 태풍을 씹고 있다

뱃머리를 맞댄 갈매기들이 깜박깜박 꼬리를 친다 뼈만 남은 매운탕이 깜박이는 등대 위에서

미시령 옛길

손금 그려 넣은 옛길을 오른다

멀리 속초 바다가 겨울 속으로 빠진다

눈 벽에 뱃길을 묶어놓은 미시령

물빛이 수평선에 빠지는 저녁

발자국이 오징어처럼

꽁꽁 얼었다

초읍, 아래
– 미 하야리아부대

연지사거리 이층 건물
그곳 '달과 별'의 꺼지지 않는
간판이 없어졌다

퇴근길 하야리아 방송이
흘러간 가요 속에 끼어들던
백인 병사의 경직된 목소리가
철조망 벽에 찢어지게 들리던
라디오 주파수가 없어졌다

'보슬비가 소리도 없이 이별 슬픈 부산 땅에'
발음조차 모르던 볼륨이 사라졌다

국악원 피리소리에 나부끼는 태극기
휘날리며 가는 연지동 빨간 신호등
깜박 깜박 빗속으로 잠긴다

- 소나기 내리는 광복절
빗방울이 새로 길을 걷고 있다

감포에서

남산 베고 석탑 품어 안은 능선의 아침을
넘었다
울창한 나무로 뒤덮인 절터에서 돌부처를
만났다
땅거미 굽이굽이 새긴 기와단청에 무릎을
내렸다
흩뿌리는 물빛 속에 짙어지는 자갈소리가
슬펐다
가까이 기대선 동해바다 붉은 바위 물결을
깨웠다
등허리 마주선 초승달이 상처만큼 바다에
잠긴다

헌책과 찹쌀도너츠

　시집 한권을 반값에 사고 나머지는 보수동 헌책방골목에서 소문난 찹쌀도너츠를 샀다 책장에서 방금 튀겨 나온 설탕을 읽었다 문장 곱씹은 시詩가 오물거린다 헌책이 맛있다 입속의 팥이 시처럼 녹는다

국제시장
- 좌판

국제시장에 몰려드는 사람들이 밀려 나온 피난민처럼 옛날
과 비벼지는 좌판에 쭈그리고 있다 쫄깃쫄깃한 당면이 부드럽
게 목청을 돋우면 앉은 어깨만큼 썰어주던 순대가 저녁만큼 길
다 백열등 열기 따라 흥정의 걸음이 바쁜 불빛이 영도다리 뱃고
동에 실려 간다

하동에 들다

– 토지기행

배꽃 닮은 부부소나무 마주한 손길 따라 평사리 보리밭에 들
불이 간다

지리산 허리 휘감은 누런 논길 가로질러 악양포구 주막에 꽃
불이 간다

멀미의 허수아비 어깨를 걸고 있는 무듬이들 나비가 놓은 쥐
불이 간다

쪽빛 나루에 걸린 노을 따라 고소산성 담쟁이 홀로 청청 섬진
강에 간다

성실한 시인, 김성배

김경수(문학평론가)

내게는 부산지역의 열정적인 문화운동가로, 그리고 출판인으로 기억되어 있는 김성배 형이 시집을 낸다니 기분이 묘하다. 물론 성배 형이 일찍부터 시인지망생이었고, 또 출판인을 하면서도 시작을 손에서 놓지 않았고, 그 결과 모 잡지를 통해 시인으로 등단했다는 사실을 알고 있었음에도 불구하고, 그가 시집을 낸다는 말을 들으니 새삼스럽다.

내가 성배 형을 처음 만난 것은 1990년대 초반의 어느 겨울로 기억된다. 그와 진작부터 친분이 있던 장석남 시인을 따라 권대웅 시인과 함께 부산행 열차를 타고 가서 만났던 것 같은데, 첫 만남이었음에도 불구하고 넷이서 아주 흥겹게 술자리를 가졌던 기억이 있다. 갓 서른을 넘었을 무렵의 성배 형의 모습을 생생하게 기억하지는 못하지만, 그 이후로 한 25년 넘어 그와 교제하면서 내 안에서 그의 이미지가 변하지 않은 것을 보면 지금의 기억을 그 시간대에 적용해도 무리는 없을 것이라고 생각한다. 작은 키, 단단한 체구, 출판과 문화운동에 대한 열정 등등이 그런 것인데, 지금까지의 기억으로 뭉뚱그리면 그것은 어떤 '성실'의 한 모습이었다고 해도 과언은 아닐 듯싶다.

초기에 성배 형은 부산의 문학운동 진작을 위해서 여러 사람들을 초청해 문학강연회 같은 것을 열었는데, 과분하게도 그런 모임에 초청되어 갔던 것도 그 시점 전후로 기억된다. 더러는 성배 형의 초청에 응하는 가까운 벗들 따라 내려간 적도 있었는데, 그때마다 보여준 성배 형의 처신은 실로 그렇게밖에는 설명이 안 된다. 부산역 도착에서부터 당일 일정을 마무리하기까지, 그리고 이후 다시 서울로 올라갈 때까지 함께 해준 형의 행동은 그렇게밖에는 설명할 수가 없을 것 같다. 그렇기에 더러는 내 쪽에서 부산으로 내려가고, 더러는 성배 형이 서울로 올라오고 하면서 드문드문 이어지던 교분이 이어질 수 있었다.

성배 형과의 만남을 회고할 때면 2002년 남해 금산을 같이 답사한 일이 가장 기억에 남는다. 당시 부산시민들을 대상으로 문학기행을 주도하고 있던 성배 형이 남해 금산 기행을 기획했는데, 마침 이성복 선생과 장옥관 선생이 흔쾌히 그 자리에 함께 하겠노라고 해서 같이 함께 남해로 가 성배 형 일행을 만난 것이다. 따뜻한 봄날 남해 금산 보리암을 올라 남해바다를 조망할 수 있었던 귀한 기회는 물론 두 분의 배려 덕분이지만, 성배 형의 추진력이 아니었으면 성사되지 않았을 것이다. 게다가 성배 형 일행이 부산으로 간 뒤 우리는 동리선생이 머물렀던 다솔사에서 김언희 선생과 유홍준 시인을 만나 저물도록 막걸리를 마시며 이야기를 나누기도 했는데, 이 또한 소중한 기억으로 남아 있다. 그 만남은 이성복 선생이 주선하신 것으로 기억하는데, 그 이후로 유홍준 시인과도 멀리서나마 안부를 걱정하는 사이가 되고 또 2016년인가 형평문학상 심사로 진주를 찾아 김언희 선생을 다시 만난 것도 어쨌든 성배 형의 기획력이 그 계기가 되었다고 할 수 있을 것이다.

명색이 하는 일이 글과 관련된 일이어서, 그리고 그 때문에 출판사며 잡지사 같은 데에 태무심할 수는 없는 처지여서, 이 땅에서 출판 일이 보람만으로는 꾸려나가기 힘든 고된 사업이라는 것을 나는 잘 알고 있다. 그런데도 성배 형은 자신이 세운 해성출판사를 그럭저럭 잘 꾸려나가고 있는데, 어떻게 해서 그것이 가능한지 나는 지금도 이해가 잘 안 간다. 그런데도 나는 그가 일이 어렵다는 말을 하는 것을 들은 적이 없다. 오히려 그는 운 좋게 따낸 부산시나 문체부의 공모사업에 자신의 일을 제쳐놓고 헌신하는 것으로 보람을 찾는다. 경남 일원은 물론이거니와 강원도와 경기도까지 넘나드는 문학기행에의 열의에는 혀를 내두를 정도다. 그 에너지가 다 어디서 왔을까?

생각해보니 지난 2000년 중반 성배 형이 소설전문 계간지 『좋은 소설』을 펴내기 시작해 10여년 가까이 이끌어온 것도 만만찮았을 것 같다. 주워듣기로 부산 소설가분들의 이해와 도움이 있었다고는 하나 많은 문학활동이 서울을 중심으로 이루어지는 현실에서 지방의 작은 출판사가 전국을 대상으로 한 소설전문 계간지를 그 긴 세월 동안 펴냈다는 것은 여간 경이로운 일이 아니다. 이렇게 어느 정도 내밀한 사정을 잘 알고 있는 듯이 말할 수 있는 것은 그 잡지의 창간에 내가 서경석 선배와 함께 서울 쪽 편집위원으로 관여를 했기 때문이다. 성배 형이 내무엇을 믿고 그랬는지는 모르겠으나, 이제는 손을 뗀 그 계간지에 정작 내가 무슨 도움을 주었는지는 딱히 떠오르지 않는다. 그럼에도 불구하고 성배 형은 어느 핸가 『좋은 소설』 관련 행사자리에 나와 서경석 선배를 불러 감사의 술자리를 마련해주었으니, 명색이 선배가 되어가지고 이래저래 신세만 진 것 같아 민망할 때가 종종 있다. 훗날 만해문학상을 수상한 조갑상 선생님과 이상섭 작가를 위시해서 부산의 여러 선후배 작가들을 알게 된 것도 성배 형이 마련한 그런 자리를 통해서였는데, 천성이 낯을 가리고 게으른 내가 열심히 활동하는 부산 문인들을 많이 알게 된 데에는 그런 사연이 있다.

누구라도 어떤 만남을 지속하려면 양측의 진심이며 성의가 여일해야 할 텐데, 이 점에서라면 나는 성배 형한테 일정한 빚을 지고 있다고 생각한다. 서울내기인 내가 부산을 친숙하게 느끼게 된 것은 전적으로는 아닐지라도 2/3 이상은 성배 형 덕이다. 부산 갈 때마다 미리 잡아주던 동래의 온천장이며, 자갈치 시장은 지금도 눈에 선하다. 특히 온천장에 대한 성배 형의 자부심은 대단한 것이었는데, 온천장에 대한 그의 이런 자부심은 실제로 그곳에 묵어본 사람이 아니면 이해하지 못할 종류의 것이다. 그런데 기억해보니 그는 자신이 문학강연회 연사로 모시는 거의 모든 문인들을 이 온천장에 숙박시켰다고 했다. 생각해보니 최근의 기억만 떠올리더라도 온천장에 관한 기억을 지닌 사람은 나 말고도 여럿이 있을 듯하다.

2013년 아니면 그 이듬해의 일로 기억된다. 어느 핸가 성배 형이 자신의 문화운동에 도움을 준 가까운 사람들을 부산으로 불러 모은 적이 있다. 생각해보니 연출가 이윤택 선생이 서울에서의 교수직을 접고 부산으로 귀향해 연극운동을 다시 시작한 무렵의 일로 기억된다. 성배 형이 가마골 소극장의 책임을 맡았다는 말을 들은 듯싶은데, 곧이어 그 극장을 무대로 작은 문학 행사를 기획한다는 소식이 들려왔다. 면면을 보니 장석남 시인과 유홍준 시인, 이홍섭 시인과 손택수 시인, 문태준 시인이 있었고, 2000년대 초반에 동의대에 부임해서 객지생활을 하고 있던 전동균 시인 등이었다. 평론을 했어도 소설평을 주로 했던 나는 이상하게도 시인들과 자주 어울리는 편인데, 공교롭게도 모두 평소에 가깝게 지내던 시인들이어서 내가 마다할 이유는 없었다. 그리고 모처럼 즐거웠던 그날의 취흥을 마감한 곳도 영락없이 온천장이었다. 그리고 그들 또한 성배 형의 주선으로 이미 여러 차례 그곳에 묵었던 벗들이었다. 아마도 이런 힘 또한 타인에 대한 성배 형의 성의에서 나오는 것일 텐데, 어쩌면 성배 형은 동래 온천장의 그 뜨거운 수원(水源)과 닮은 것도 같다. 열정이 그렇고 그 온천물의 풍부함도 말이다.

아주 최근에도 나는 성배 형의 이런 면모를 확인할 수가 있었다. 개인적으로 횡보 염상섭에게 관심이 많은 나는 횡보가 전후 부산 「국제신문」에 『새울림』이라는 장편을 연재한 것을 알고 언젠가 형과의 통화에서 그런 사정을 전한 바 있다. 핑계 삼아 가겠노라는 뭐 그런 전언이었던 것으로 기억한다. 그런데 얼마 뒤 성배 형으로부터 소포가 하나 왔는데, 놀랍게도 거기엔 내가 열람하려고 했던 횡보의 원고 복사본과 그것을 담은 CD 한 장이 들어 있었다. 나와의 통화에서 작품에 관한 정보를 전해들은 성배 형이, 손수 신문사로 가서 원전을 복사해 내게 부친 것이었다. 근대문학 연구자들에게 먼 곳 신문사나 잡지사에 묻혀 있는 오래 전 원전을 구하는 일의 번거로움은 너무도 당연한 것이었는데, 나는 성배 형 덕분에 횡재를 한 것이나 다름없었던 것이다. 그럼에도 불구하고 고맙다는 말을 하려고 전화를 걸었다가 고마움을 전하기는커녕 무슨 그런 일로 먼 발걸음을 하냐고 성배 형의 편잔만 들었다. 나는 과연 남들에게 이 정도로 성의를 다하며 살고 있었는지, 그날 스스로를 돌아보며 여러 차례 자문했던 기억이 지금도 새롭다. 그러니 발문을 쓰는 이 자리에서 어찌 성실이라는 말이 우선적으로 떠오르지 않을 수가 있으랴.

성배 형과 여러 차례 만났어도 그의 유년이며 성장과정에 대해 무슨 말을 들었던 기억은 없다. 사업이 어렵다는 말도 별로 듣지 못했다. 그런데 이번에 보내온 성배 형의 시 원고들을 읽다보니 그동안 내가 몰랐던, 아니면 말했어도 못 알아들었던 그의 다른 모습을 본 듯하다. 이번 시집에는 그가 살고 있는 부산의 을숙도며 자갈치시장, 속천항, 국제시장, 중앙동을 포함해서 삼랑진역, 진영, 하동, 감포 등 문학기행을 위해 그가 누볐던 경남의 여러 장소며 그 장소의 풍경이 펼쳐져 있다. 강과 바다, 산, 그리고 시골 운동장을 누비는 시인의 시선이 어떤 것인가를 나는 풍족하게 엿본 셈인데, 그 깊이가 실로 만만치 않다. 마치 전람회의 그림을 감상하듯, 그는 자신이 마주한 곳의 풍경을 그려냈을 뿐인데, 어쩐 일인지 나는 그 과정에서 그가 겪었을 몸과 마음의 고단을 조금 엿본 듯하다. 그의 시의 풍경 속에는 자신의 유년의 기억이며 어머니 아버지의 모습이며 표정, 언어에 대한 자신의 느낌과 도시에서의 삶의 치열함이 한데 담아져 마치 용틀임을 하듯 꿈틀거리고 있기 때문이다. 하나의 풍경 속에서 여러 겹의 시간대를 읽어내고, 그것을 다시 독자에게 그려 보이는 이런 시야를 확보해야만 시인이 될 수 있다고 생각하면서, 나는 이제야 비로소 성배 형이 시인이라는 사실을 깨달았다. 시간에 쫓겨 모든 시를 꼼꼼히 읽지는 못했지만, 특히 나는 「미시령 옛길」이라는 시를 읽으면서 그의 시인으로서의 면모를 새삼 확인한다.

손금 그려 넣은 옛길을 오른다

멀리 속초 바다가 겨울 속으로 빠진다

눈 벽에 뱃길을 묶어놓은 미시령

물빛이 수평선에 빠지는 저녁

발자국이 오징어처럼

꽁꽁 얼었다

「미시령 옛길」 전문

넘치는 에너지로 쉼 없이 문학기행과 문화예술교육 사업을
기획하고, 출판을 하고 강의를 하고, 또 윤동주를 매개로 한국과
일본을 오가는 문학행사도 거뜬하게 해내는 성배 형에게 눈 덮
인 설악산과 동해를 한 눈에 포획하는 이런 시선이 숨겨져 있었
다니. 나는 사실 조금 놀랐다.

몇 년 전부턴가 성배 형은 늘 대마도 타령이다. 온천장에서
한데 묵듯, 좋은 철 잡아 함께 대마도 여행을 다녀오자는 것이
다. 그가 한데 모으고자 하는 벗들이 저마다 사정이 다르므로 그
여행이 언제쯤 실행될지는 알 수 없다. 하지만 성배 형의 성격상
일단 작정한 이상 반드시 그 여행을 기획할 것임에 틀림없다. 그
리고 그렇게 되면 몇 년 전 그랬듯, 내가 좋아하는 벗들 또한 서

습지 않고 부산으로 모여들 것이다. 나 또한 성배 형의 호출이 오면 만사 제쳐두고 응할 것이다. 어쩌면 내가 성배 형의 진면목을 잘 모르고 있었던 것은 아닌가 하는 의구심이 이번에 그의 시들을 읽으면서 자주 떠올랐는데, 그 여행을 통해서 성배 형의 삶의 내력을 좀 더 들여다보고 싶기 때문이다. 조만간 그런 날이 빨리 왔으면 좋겠다.

시인 김성배

1964년 충남 조치원에서 태어나 부산에서 성장했다. 2009년 시전문계간지 『시평』 신인상으로 등단했으며, 도서출판 「해성」과 연극 소극장 한결아트홀을 운영하면서 지역출판 및 문화예술교육을 위해 일하고 있다. 저서로 『문학을 찾아서 시비를 찾아서』가 있다.

모악시인선 010

오늘이 달린다

1판 1쇄 펴낸 날 2017년 12월 29일
1판 3쇄 펴낸 날 2018년 12월 7일

지은이 김성배
펴낸이 김완준

펴낸곳 모악

기획위원 문태준, 손택수, 박성우
출판등록 2016년 1월 21일 제2016-000004호
주소 전북 전주시 덕진구 기린대로 418 전북일보사 5층 (우)54931
전화 063-276-8601
팩스 063-276-8602
이메일 moakbooks@daum.net

ISBN 979-11-88071-09-8(03810)

* 이 도서의 국립중앙도서관 출판예정도서목록(CIP)은 서지정보유통지원시스템 홈페이지 (http://seoji.nl.go.kr)와 국가자료공동목록시스템(http://www.nl.go.kr/kolisnet)에서 이용하실 수 있습니다.(CIP제어번호: CIP2017035721)

* 이 책의 내용을 재사용하려면 모악의 서면 동의를 받아야 합니다.

한국문화예술위원회   부산광역시 BUSAN METROPOLITAN CITY   부산문화재단 BUSAN CULTURAL FOUNDATION

* 본 도서는 2017년 한국문화예술위원회, 부산광역시, 부산문화재단의 사업비 지원을 받았습니다.

값 8,000원